Catherine Kalengula

Catherine Kalengula est née en 1972.
Après avoir vécu quelques années à Londres, elle est revenue en France pour se consacrer à sa passion de l'écriture et vit désormais en Normandie. Fascinée par la littérature anglo-saxonne, elle aime s'en inspirer pour imaginer ses histoires pleines de dynamisme et de modernité. Elle est l'auteur de nombreux ouvrages pour la jeunesse.

NICOLAS RIX

Au clair de lune, Nicolas Rix illustre des livres pour enfants, des séries d'animation et des jeux vidéo. Il est fortement influencé par les bandes dessinées et les jeux. Nicolas vit et travaille à Cape Town, en Afrique du Sud.

CHASSEURS DE MYSTÈRES

Le fantôme de Versailles

Ouvrage réalisé en partenariat avec le château de Versailles.

24-32, rue des Amandiers, 75020 Paris – France

Correction : Karine Elsener

Loi n° 49-956 du 16 juillet 1949 sur les publications destinées à la jeunesse,
modifiée par la loi n° 2011-525 du 17 mai 2011.
Dépôt légal : avril 2020. Imprimé en Serbie.
Produit conçu et fabriqué sous système de management
de la qualité certifié AFAQ ISO 9001.

CHASSEURS DE MYSTÈRES

Le fantôme de Versailles

Écrit par Catherine Kalengula
Illustré par Nicolas Rix

AUZOU romans

CHAPITRE 1
Mauvaise nouvelle

— Et toi, Axel, ça te dirait d'aller au parc, cet après-midi ? demande Sophie en souriant.

En ce dimanche midi, toute la famille est en train de déjeuner dans la cuisine. Et – ô miracle ! – Nathan le grincheux daigne leur faire l'infime honneur de sa présence. Il ne prononce pas un mot et il consulte son téléphone en douce, mais c'est toujours mieux que rien.

— Oh, oui ! répond Axel, ravi.

Sophie lui sourit. Quand il y pense, c'est toujours un peu bizarre. Il y a quelques semaines, il vivait seul avec son père, Pierre, et son frère, Nathan. Ses parents ont divorcé l'année dernière, et sa mère, reporter, est la plupart du temps en voyage.

Désormais, Axel et son frère vivent avec Sophie, la compagne de leur père, et sa fille, Gabrielle. Le garçon s'habitue petit à petit à sa nouvelle vie. Il faut dire que la découverte du carnet des mystères l'y a beaucoup aidé. Quelle chance ils ont eue de trouver ce vieux cahier rempli d'énigmes dans le cagibi de leur appartement ! Lors de leur première enquête, qui les a menés au musée des Catacombes, il a appris à mieux connaître Gabbie.

— Je pourrais emporter mon arc ? demande celle-ci.

— Euh, pourquoi ? réagit Nathan, qui, malgré son air absent, écoute les conversations. Tu veux zigouiller des pigeons ?

La jeune fille rigole.

— Non, j'aimerais juste montrer à Axel comment l'utiliser. Mais on ne va pas tirer, bien sûr, et surtout pas sur des oiseaux ! Quelle horreur ! Tu viens avec nous ?

Axel s'attend à ce que son frère refuse tout net. Depuis leur emménagement, Nathan décline la plupart des sorties dites « en famille ». Non pas qu'il déteste Sophie et Gabrielle – Axel en est sûr –, mais ce changement semble un peu dur à avaler pour lui.

— Mouais, chai pas, marmonne-t-il, la bouche pleine. Faut voir.

Waouh, quel exploit ! Nathan n'a pas accepté, mais il n'a pas refusé non plus. Axel aurait presque envie de se lever pour applaudir. Sophie et Pierre échangent un regard surpris.

— Euh, on passe au dessert ? propose la mère de Gabbie.

— J'ai pris un super gâteau à la pâtisserie d'en bas, précise Pierre.

— Ah ouais ? s'étonne Nathan. Cool.

Et maintenant, il trouve le dessert cool ! Décidément, Axel se dit qu'il doit noter cette date quelque part. Le jour où Mister Grognon a enfin décidé d'être de bonne humeur. Mais le garçon sait bien ce qui attriste son frère, au fond : c'est le manque de leur mère – même si Nathan ne l'admettrait pour rien au monde. Il aime bien jouer les gros durs. Allez savoir pourquoi.

Leur père va chercher le dessert dans le frigo : un superbe gâteau opéra, au café et au chocolat.

— Oh, c'est mon préféré ! s'exclame Gabbie, avec des yeux brillants.

— Mon petit doigt me l'avait dit, plaisante Pierre, avec un clin d'œil à Sophie.

Il paraît si heureux depuis leur emménagement. Rien que pour ça, Axel ferait n'importe quoi pour

que tout se passe bien. Et il a une autre raison de se réjouir : sa mère doit bientôt rentrer de voyage ! Ça fait des semaines qu'il ne l'a pas vue, et il a un tas de choses à lui raconter. Oh, ils discutent sur Internet, bien sûr, mais ce n'est pas pareil. Il a notamment hâte de lui rapporter en détail leur enquête dans les Catacombes.

Le retour de leur mère serait-il pour quelque chose dans la bonne humeur de Nathan ? Sûrement.

Alors qu'Axel déguste le délicieux gâteau, le portable de son frère se met à vibrer.

— Nathan, gronde leur père, sourcils froncés. On a dit : pas de téléphone à table !

— C'est maman, indique-t-il, avant de quitter la pièce.

Axel a beau tendre l'oreille, il perçoit juste des chuchotements dans le couloir. La conversation est vite écourtée. Puis Nathan réapparaît, visiblement furieux.

— Elle ne vient plus, lâche-t-il. Son directeur de rédaction l'envoie en Australie !

— Mais... mais..., balbutie Axel. Je peux lui parler ?

— Je lui ai raccroché au nez ! rétorque son frère avant d'aller s'enfermer dans sa chambre.

Silence autour de la table. Plus personne n'a faim. De son côté, Axel lutte tant bien que mal contre les larmes. Pierre se lève et vient poser une main sur son épaule.

— Je suis désolé, fiston, compatit-il. Vraiment.

Incapable de se contenir, Axel file à son tour se réfugier dans sa chambre.

Comme souvent, c'est son plus fidèle confident – Chacha – qui se charge de le consoler. Tandis qu'Axel pleure, allongé sur son lit, le chaton vient se blottir contre lui. Contrairement à Nathan, le garçon n'en veut pas à sa mère. Il sait que ce n'est pas sa faute. Il est triste, c'est tout. Et déçu aussi.

Lorsque quelqu'un frappe discrètement à sa porte, il se dépêche d'essuyer ses larmes et de se redresser.

— C'est Gabbie, dit doucement celle-ci.

— Entre.

La jeune fille avance d'un pas timide – ce qui n'est pas dans ses habitudes. Elle tient le carnet des mystères entre ses mains.

— Je peux te demander un truc ? Mais si ça te dérange, ce n'est pas grave. Je reviendrai plus tard.

— Non, non, vas-y, l'invite-t-il.

Elle ouvre le cahier et lui montre l'une des énigmes.

— J'adore les histoires de fantôme, confie Gabrielle. Mais il y a deux ou trois passages que je n'ai pas captés…

Axel connaît son problème : elle est dyslexique. Mais, apparemment, elle préfère ne pas en parler, aussi lui explique-t-il le texte comme si de rien n'était.

— Tu crois que le château était vraiment hanté ? l'interroge-t-elle, fascinée.

— Non, je ne pense pas. Mais si c'était quelqu'un qui se déguisait, je me demande bien pourquoi…

Gabbie hoche la tête.

— Et cette histoire de lueur rouge sang, c'est super bizarre, non ? En tout cas, j'ai toujours rêvé de visiter le château de Versailles ! T'en dis quoi ?

Axel devine qu'elle cherche à lui changer les idées, et il lui en est reconnaissant. En plus, ça fonctionne ! Cette énigme est captivante, et lui aussi meurt d'envie d'aller marcher sur les traces de Marie-Antoinette. Contrairement à Gabbie, il a visité le château une fois, il y a longtemps. Mais il était trop petit pour s'en souvenir.

— Prête pour une nouvelle enquête, ma chère Holmes ?

— Grave de chez grave, mon cher Watson ! réplique-t-elle, tout sourire.

CHAPITRE 2

En route pour Versailles

Le mardi suivant, Gabrielle se prépare de bonne heure. Elle va visiter le château de Versailles ! Elle ignore comment Axel est parvenu à persuader son frère de les accompagner, mais celui-ci a accepté sans trop rechigner. Sans doute Nathan a-t-il voulu lui faire plaisir. Tandis qu'elle termine de s'habiller dans sa chambre, Gabbie ressent de la peine pour les garçons.

Elle aussi connaît le manque. Son père, hôtelier en Normandie, est souvent très pris. En revanche, quand il promet de venir la voir, il ne lui fait jamais faux bond…

Une fois prête, la jeune fille les rejoint dans l'entrée. Axel semble surexcité. Quant à Nathan, eh bien, il affiche sa tête habituelle, c'est-à-dire celle d'un ours qu'on aurait extirpé de force de sa grotte.

Gabrielle commence à en avoir l'habitude. Et ça ne lui fait plus ni chaud ni froid.

— Purée, dire que j'ai dû me lever à l'aube un jour de vacances, tout ça pour aller visiter une vieille baraque pourrie ! râle-t-il. J'y crois pas !

— Hum, rétorque son frère. D'abord, il est neuf heures, le jour s'est levé il y a bon moment déjà. Ensuite, la demeure de Marie-Antoinette est tout sauf une vieille baraque pourrie.

— Mouais, marmonne Nathan, l'air peu convaincu. Si tu le dis.

Au rez-de-chaussée de l'immeuble, ils croisent Gaspard, qui balaie l'escalier.

— Bonjour, les enfants ! les salue-t-il. On part en balade ?

Le sympathique concierge connaît l'existence du cahier ; il les a même aidés à résoudre la première énigme en tant qu'accompagnateur. Alors Gabrielle décide de le mettre au courant.

— En fait, on veut essayer d'éclaircir un nouveau mystère qui s'est passé en 1788 au château de Versailles.

— Oh, mais c'est formidable ! J'ai toujours été amoureux de cet endroit. Je ne sais même pas combien de fois je l'ai visité ! Amusez-vous bien !

Gabbie commence à prendre ses marques dans son immeuble et son quartier. Elle apprécie Gaspard, mais aussi Juliette, l'épicière d'en face, à qui Nathan donne un coup de main de temps en temps. Quant à la librairie tenue par Stéphane, Axel y est déjà comme chez lui ! Ce qui est drôle, c'est que ces trois-là étaient amis dans leur jeunesse et qu'ils connaissaient bien l'ancienne occupante de leur appartement.

Avant d'aller prendre le métro, puis le RER, les enfants passent s'acheter des bouteilles d'eau à l'épicerie. Au début, Gabrielle trouvait Juliette peu sympathique, voire carrément revêche. Mais depuis, elle a changé d'avis. Comme quoi, il ne faut jamais se fier aux apparences !

Tandis qu'ils règlent leurs achats, Juliette se penche par-dessus le comptoir.

— Je me trompe, ou Nathan est encore plus bougon que d'habitude ? chuchote-t-elle à Gabbie.

— C'est leur mère : elle ne peut pas venir les voir pour l'instant, murmure la jeune fille.

L'épicière hoche la tête, d'un air compatissant. Puis elle saisit plusieurs barres chocolatées, qu'elle donne à la jeune fille.

— Tiens, je crois qu'il les aime bien, celles-ci.

— Oh, merci ! Vous savez, aujourd'hui, on va visiter le château de Versailles. C'est pour une nouvelle enquête !

— J'espère que vous viendrez tout me raconter ! répond Juliette en souriant.

À la sortie de l'épicerie, Nathan est toujours aussi taciturne. Mais il ne refuse pas les barres chocolatées. Il y en a à peu près pour une heure de trajet en RER. Gabbie pense à l'énigme, mais aussi au carnet des mystères. Elle ne cesse de se demander qui en est l'auteur…

Une fois sortis de la gare, ils se rendent à pied au château. La jeune fille a vu des photos de l'édifice sur

Internet – Axel lui en a montré une bonne centaine, la veille. Mais en le découvrant en vrai, derrière ses sublimes grilles dorées, elle en perd ses mots. Et cela ne lui arrive pas si souvent.

— Oh… C'est trop, c'est trop…

L'adjectif « beau » ne lui paraît pas à la hauteur.

— Entièrement d'accord, approuve Axel.

C'est immense aussi ! Tellement que Gabbie se demande s'ils auront le temps de tout visiter en une seule journée.

En plus du château en lui-même, il y a d'autres bâtiments, comme le Grand et le Petit Trianon, sans parler des jardins !

La foule est dense, mais la jeune fille ne la voit déjà plus. Elle s'imagine au temps de Marie-Antoinette, galopant sur son cheval, cheveux au vent, avec son arc à la main. Pas question d'être une princesse coquette qui ne pense qu'à ses perruques ou à ses robes, non. Elle, elle aurait été une aventurière…

— Ben, alors, tu te prends pour une statue ou quoi ? lui crie soudain Nathan, remarquant qu'elle est restée plantée dans la cour sans bouger.

De retour dans la réalité, Gabrielle s'empresse de le suivre…

CHAPITRE 3

La piste « Marie-Thérèse »

Une fois à l'intérieur du château, Axel en prend plein les yeux. Absolument tout le fascine : la décoration fastueuse, les œuvres, l'architecture. Comble du bonheur : Nathan a accepté de lui prêter son téléphone et de télécharger l'application du château. Ainsi, Axel peut suivre la visite à travers ses écouteurs. De son côté, Gabbie a pris un audioguide.

Mais elle se penche toutes les cinq secondes à l'oreille du garçon.

— Tu te rends compte ? lui lance-t-elle, dans la chambre du roi. La cour venait assister au lever des souverains. Louis XIV d'abord, puis Louis XV et Louis XVI aussi. C'était archi-bizarre, non ?

— Ouais, intervient Nathan. Moi, j'aurais détesté ça.

— En même temps, qui aurait envie de voir ta tête au réveil ? le taquine son frère.

Il n'obtient pas de réponse, tout juste un léger sourire… Alors, il se concentre sur la suite des commentaires : « *Contrairement à ses prédécesseurs, Louis XIV a régné par lui-même, sans s'appuyer sur un Premier ministre…* » Axel écoute avec passion. Il voudrait tellement tout apprendre, tout connaître ! Pourtant, une fois parvenu dans la galerie des Glaces, il ôte ses écouteurs. C'est l'une des très nombreuses parties de l'édifice qu'il mourait d'envie de voir.

En fait, dans ses rêves les plus fous, il aimerait pouvoir passer une semaine entière au château et le visiter de nuit, lorsqu'il n'y a plus personne. Si seulement il pouvait se cacher dans un coin... Mais les agents de surveillance qui jalonnent le parcours ne seraient sûrement pas d'accord.

Dommage !

— La galerie est longue de 73 mètres, indique-t-il. Et il y a 17 glaces situées face aux 17 fenêtres donnant sur les jardins... Euh, j'ai lu ça dans un bouquin.

— Comme c'est étonnant, s'amuse Gabbie, en souriant.

Même Nathan, qui paraissait jusqu'ici assez indifférent à la visite, a l'air d'apprécier.

— Pas mal, lâche-t-il, les yeux levés vers les imposants lustres en cristal.

— La galerie n'a pas toujours existé, reprend son frère. Avant, c'était une sorte de terrasse ouverte, mais...

— Louis XIV en avait assez de se geler les fesses, poursuit Gabrielle. Et puis le vent, ça fait voler les perruques.

Axel éclate de rire.

— T'as tout compris !

Nathan ne rit pas, mais, à l'évidence, il se retient. Axel est ravi que cet endroit lui plaise, au moins un peu. S'il y a bien une chose qu'il déteste, c'est de voir son frère triste.

La visite se poursuit. Et, malgré toute la fascination que le garçon ressent, il n'en oublie pas l'énigme pour autant. Il sait que « l'Autrichienne » était le surnom que des gens haineux donnaient à la reine Marie-Antoinette, la femme de Louis XVI. Et qu'Axel de Fersen, un comte suédois, aurait été amoureux d'elle. Quand Axel lui a montré de quoi il avait l'air, Gabbie a ri : « Trop drôle ! Vous avez le même prénom et, en plus, vous vous ressemblez ! »

Axel n'a pas vraiment vu de ressemblance, mais bon. Pour l'instant, sa plus grande question demeure celle-ci : qui pouvait être le plus grand amour du Roi-Soleil ?

En arrivant dans une salle dédiée au monarque, il ôte à nouveau ses écouteurs et désigne le portrait d'une femme richement vêtue.

— Elle s'appelait Marie-Thérèse d'Autriche, et c'était l'épouse de Louis XIV, commente-t-il.

— On doit examiner ce tableau ! décrète aussitôt Gabrielle.

Sous le regard effaré d'Axel, elle attend que l'agent de surveillance ait le dos tourné. Puis elle grimpe à genoux sur une chaise tapissée de velours et jette un coup d'œil derrière la toile. La suite est digne des pires cauchemars du garçon.

— Hé, toi ! crie l'agent de surveillance, qui l'a repérée. Il est interdit de toucher aux œuvres d'art ! Et aussi de monter sur le mobilier !

Axel et Nathan se précipitent vers Gabbie pour l'entraîner vers la sortie, mais le gardien leur barre le passage.

— Où vous croyez aller, comme ça ?

— Vous ne comprenez pas ! s'emporte la jeune fille. On a une énigme à résoudre et…

Même s'il est mort de peur, Axel ne peut pas la laisser se défendre seule. Il sort le cahier et l'ouvre à la page concernée. Cet homme ne va quand même pas leur passer les menottes, si ?

— Monsieur, regardez ! Il est écrit que le fantôme cherchait un tableau représentant le plus grand amour du Roi-Soleil. C'est pour ça qu'on voulait examiner cette toile. On pensait qu'il y avait peut-être quelque chose de caché derrière !

— Ouste, du balai ! Je vous ramène aux grilles, tranche l'employé, inflexible.

— Je vous en prie, on doit continuer notre enquête, le supplie le garçon. C'est super important !

C'est alors qu'un homme en costume, penché sur un fauteuil, se redresse et s'approche du trio. Il porte un badge où il est écrit : « M. Mainceau, conservateur ».

— Venez avec moi, commande-t-il.

Il conduit les enfants vers un autre édifice, situé à quelques pas du château. Grâce à toutes ses recherches, Axel sait qu'il s'agit du Grand Commun, un beau bâtiment qui abrite désormais les services administratifs.

— Asseyez-vous, leur ordonne le conservateur, une fois arrivé dans son bureau.

Axel se dit que cet homme va sans doute vouloir appeler leurs parents. Ou alors qu'il compte leur faire la morale. Ou bien les deux ! Il échange un regard affolé avec Gabbie. Nathan tente de les rassurer d'un hochement de tête.

— Montre-moi ce cahier, exige M. Mainceau.

Lorsqu'il l'a entre les mains, il le feuillette, en se grattant la tempe.

— D'où vient-il ? interroge-t-il ensuite.

— On l'a trouvé dans notre appartement, répond Gabrielle. Et on a déjà résolu le premier mystère, celui des Catacombes ! On vous jure, monsieur, ces énigmes, c'est du sérieux !

Axel se demande pourquoi le conservateur leur pose toutes ces questions. Une chose est sûre : il paraît intéressé. Ou, du moins, intrigué. Sinon il ne perdrait pas son temps avec eux.

— La pauvre reine Marie-Thérèse n'était pas le plus grand amour du Roi-Soleil, vous savez, leur explique-t-il. Louis XIV s'est marié deux fois, et il a eu de nombreuses femmes dans sa vie. La plupart de leurs portraits ne sont plus exposés actuellement.

Après la peur, c'est la déception qui envahit Axel. Bien sûr, il savait que Louis XIV était un séducteur

– comme on dit –, mais ça ne l'avait pas empêché d'espérer. Peut-être que ça lui permettait de moins penser à sa mère. Mais l'enquête semble bien devoir en rester là. Finies, les distractions, tous ses problèmes lui reviennent en pleine figure, et ça fait mal. Il jette un regard à son frère. Comprenant le message, Nathan se lève.

— On s'en va, décide-t-il.

Sans un mot, Axel et Gabrielle le suivent vers la porte. Mais soudain…

— Attendez !

CHAPITRE 4

Un vrai travail d'équipe

À la grande surprise de Gabrielle, M. Mainceau les a retenus. Il ne leur a pas fait la morale – de toute façon, elle avait prévu des arguments imparables pour leur « défense ». Comme quoi ils n'avaient rien fait de mal et que leur intérêt pour l'Histoire méritait d'être récompensé, et non réprimandé. Mais, au final, elle n'a même pas eu besoin de parler !

Au contraire, le conservateur les a guidés vers un magnifique escalier de marbre, pourvu d'une rampe en fer forgé.

— Nous sommes dans l'aile nord, dit-il. Et voici l'escalier Questel. Cette toile que vous voyez représente Mme de Montespan et ses enfants. Cette femme a beaucoup compté pour Louis XIV. Vous comprenez ?

Gabbie comprend, oh ça oui ! Au prix d'un gros effort, elle parvient à ne pas se ruer sur la peinture pour la retourner. Tout comme Axel, elle croise les doigts tandis que M. Mainceau va regarder au dos du portrait. Hélas, après un long examen, le conservateur secoue la tête.

— Il n'y a absolument rien.

Axel baisse le nez. Gabrielle pousse un soupir agacé. Ça aurait été tellement génial de trouver quelque chose !

— Et il n'y a pas d'autres portraits qui pourraient correspondre ? demande-t-elle.

— Malheureusement, non, répond M. Mainceau. Il faudrait effectuer des recherches dans les réserves, au Louvre également, où sont exposées certaines toiles, mais aussi dans d'autres musées et des collections privées… C'est impossible, je suis désolé.

Gabrielle ouvre déjà la bouche, prête à insister. Mais Axel intervient :

— On vous remercie beaucoup pour votre aide.

La jeune fille le regarde, étonnée. Il abandonne déjà ? Elle se met à réfléchir… D'après Axel, le « fantôme » aurait pu surprendre une conversation entre le comte de Fersen et Marie-Antoinette. Mais rien ne dit que « le plus grand amour du roi » était un tableau…

Plus Gabbie y pense, plus elle se dit que cette piste vaut le coup d'être vérifiée. Qu'ont-ils à perdre ? À en juger par son expression, M. Mainceau semble presque aussi déçu qu'eux.

— Et s'il s'agissait d'une statue ? suggère-t-elle.

— Le château en est rempli, vous en trouverez à chaque étage, rappelle le conservateur. Et le problème reste le même : qui était le plus grand amour du Roi-Soleil ? On sait qu'il avait une très haute estime de lui, mais je ne pense pas que ce soit ça.

La jeune fille grimace. D'instinct, elle est persuadée que l'indice se trouve encore là, quelque part. Comme lors de ses compétitions, elle suit son intuition. Mais dans le cas de cette énigme, cela revient à chercher une aiguille dans une botte de foin ! Elle se tourne vers Axel.

— Tu n'as pas une idée ? le secoue-t-elle. Après tout, c'est toi, l'expert !

— Euh, n'exagérons pas, répond-il, avec un regard gêné vers le conservateur. Bon, admettons qu'on ne parle pas d'une copine de Louis XIV…

Il commence à faire les cent pas au pied de l'escalier. Il lève les yeux, se frotte la tête, grommelle quelques mots. Il monte des marches, les redescend. Gabbie en aurait presque le tournis. Il finit par s'arrêter devant un grand portrait de Louis XIV. Il le regarde avec insistance, comme s'il attendait une réponse.

— Contrairement à ses prédécesseurs, il a régné par lui-même, sans s'appuyer sur un Premier ministre, murmure-t-il.

— Et c'est lui qui vient de te le dire ? plaisante son frère.

Gabrielle éclate de rire.

— Vous pourriez chercher, vous aussi, au lieu de rigoler ! réplique Axel.

La jeune fille se calme. En participant à la résolution de la première énigme, elle a pris confiance en elle, notamment grâce aux encouragements du garçon. Il lui a fait comprendre qu'elle pouvait être une bonne enquêtrice.

— Donc, ça veut dire quoi ? demande-t-elle. Qu'il avait encore plus de boulot ? Moi, à sa place, j'aurais eu un tas de ministres et je me serais tourné les pouces ! Il fallait vraiment qu'il soit motivé, sinon je ne vois pas pourquoi il tenait à tout faire lui-même.

Axel la regarde, les yeux écarquillés.

— Parce qu'il aimait son pays ! s'exclame-t-il, avant de se tourner vers M. Mainceau. Est-ce qu'il y a, je ne sais pas, une sculpture en rapport avec la France, dans le château ?

— Plusieurs, oui, répond le conservateur, avec un petit sourire. Mais j'ai une autre idée !

Nouvelle marche à travers l'édifice, vers le salon de l'Abondance du Grand Appartement du roi – une salle décorée du sol au plafond. Gabbie lève d'abord les yeux vers les peintures au-dessus d'elle, avant d'observer le mobilier. Au centre se trouve une petite table dont le plateau représente une carte de la France. Gabrielle n'ose pas y toucher – elle a bien appris sa leçon, merci !

— Vous voulez la retourner ? demande-t-elle à M. Mainceau.

— Tu peux le faire, puisque, visiblement, tu en meurs d'envie, lui propose-t-il, amusé. Mais fais très attention, c'est une pièce d'une grande valeur.

Axel, sans doute trop nerveux, fait signe à Gabbie d'accepter. Aidée de Nathan, la jeune fille attrape délicatement la table et la renverse sur le côté. Au premier regard, elle ne décèle rien de particulier en dessous. Le bois est juste un peu rugueux et patiné par le temps.

Bref, rien d'anormal ! Et ça a le don de la faire enrager. Elle était si sûre de trouver quelque chose, cette fois ! Et que dire de la mine déçue d'Axel ?

— Regarde, il y a un truc bizarre sur ce pied-là, indique Nathan, d'un geste. On dirait qu'il est mal mis.

En s'approchant davantage, Gabrielle voit de quoi il veut parler : la partie basse du pied, ornée d'une dorure, paraît comme décalée. Traversée par une intuition, Gabbie la fait pivoter. Le pied se dévisse !

Et, une fois enlevé, celui-ci dévoile... un compartiment secret !

CHAPITRE 5

Tous pour Marie-Antoinette

Quelle journée ! Dans le RER, Axel n'en revient toujours pas ! Il repense à l'expression de M. Mainceau, un peu plus tôt, lorsque Gabbie a dévissé le pied de la table.

« Venez voir, il y a quelque chose à l'intérieur ! », s'est-elle écriée.

Un vieux ruban à la couleur affadie par le temps et un sceau de cire, précisément. Ces éléments étaient sûrement enroulés autour d'un document.

« Un mot doux, peut-être ? », a suggéré le conservateur.

En tout cas, il n'y en a plus trace. Mais, d'après M. Mainceau, ce compartiment secret se révèle être une sacrée découverte ! Il a promis de vérifier si l'écusson sur le sceau correspondait bien à celui d'Axel de Fersen et de les tenir au courant.

« Un grand bravo ! », les a-t-il félicités.

« Vous nous avez bien aidés », lui a répondu Axel.

« C'est normal, entre passionnés ! », a répliqué M. Mainceau.

Le garçon se sent fier. Et, à en juger par leurs yeux brillants, son frère et Gabrielle ressentent la même chose. Oh, bien sûr, il reste le mystère entourant l'identité du fantôme ! Qui était cette femme et pourquoi ce déguisement ? Sans oublier la « lueur rouge sang ». Mais, pour l'instant, Axel a juste envie de savourer. Ce qu'il a le plus aimé dans cette aventure, c'est de l'avoir vécue avec Nathan et Gabbie.

— Dites, les gars, vous viendrez me soutenir, demain ? lance soudain la jeune fille. J'ai une compète de tir à l'arc. C'est un concours amical, mais…

— … mais tu as quand même envie de gagner, devine Axel.

— Ouiiii, je veux massacrer tous mes adversaires !

Le garçon rigole.

— Compte sur moi pour venir voir ça, répond-il avant de se tourner vers Nathan. Toi aussi ?

— Obligé, accepte celui-ci sans hésiter.

Certes, ils n'ont pas résolu toute l'énigme, et Axel sait que cette histoire de fantôme va continuer à le titiller. Forcément ! Mais là, ce n'est sans doute pas le plus important…

Une fois de retour dans leur quartier, Axel décide de passer voir Stéphane, son libraire préféré. Gabbie l'accompagne. De son côté, Nathan préfère rentrer.

— Hello, les enfants ! les salue le commerçant à leur arrivée. Axel, j'ai reçu un livre absolument fascinant sur le Moyen Âge. Tu veux que je te le prête ?

Le garçon sourit. Dans cette librairie, il se sent désormais comme chez lui, et Stéphane – qui connaît sa passion pour l'Histoire – lui réserve toujours de belles surprises.

— Oh oui, merci ! Là, on revient du château de Versailles…

Il se met à raconter leur journée. Du texte de l'énigme jusqu'à la trouvaille du compartiment caché, en passant par la fausse piste du tableau. Stéphane pousse un cri.

— Incroyable ! J'aurais aimé être là pour voir ça ! J'adore Marie-Antoinette, vous savez ! Venez, je vais vous montrer…

Il guide les enfants vers l'arrière-boutique, où se situe son bureau. Au-dessus, sur une longue étagère, Axel découvre une impressionnante collection de livres consacrés à la souveraine. Voilà ce qui s'appelle être passionné ! En voyant ça, le garçon ne peut pas s'empêcher d'aborder le sujet du fantôme. Impossible de l'oublier, finalement !

— Est-ce que Marie-Antoinette avait des ennemis ? interroge-t-il. Je me dis que la femme qui s'est déguisée en fantôme voulait sans doute lui causer des problèmes.

— Oh, oui ! renchérit Gabrielle. Imagine si elle avait réussi à mettre la main sur une lettre d'amour d'Axel de Fersen… Au secours !

Stéphane les invite à s'asseoir.

— Des ennemis, Marie-Antoinette en avait beaucoup ! Si vous voulez, je peux vous raconter quelques anecdotes sur elle.

Axel s'empresse d'acquiescer. Pendant l'heure qui suit, le libraire leur parle de l'existence de cette reine mal-aimée – que, lui, aime beaucoup ! Sa venue d'Autriche, son amour des parfums, sa joie de vivre. Puis de choses moins drôles, comme l'affaire du

Collier de la reine, une escroquerie mise au point par une certaine Mme de La Motte, en 1785. Elle a fait croire à un homme, le cardinal de Rohan, que Marie-Antoinette souhaitait se voir offrir un collier en diamants hors de prix ! Il ignorait qu'il avait affaire à une comédienne déguisée pour ressembler à la souveraine. Le complot a été découvert et a provoqué un véritable scandale.

— Mais la reine n'y était pour rien ! s'offusque Gabbie.

Stéphane confirme d'un hochement de tête.

— Elle était déjà accusée d'être trop dépensière, alors cette histoire n'a rien arrangé. En 1791, Axel de Fersen a organisé la fuite de la famille royale. Hélas, on a reconnu le roi. Vous savez comment ?

— Grâce à son profil Internet ? s'amuse Gabrielle.

— Presque ! rigole Axel. Son profil était gravé sur les pièces de monnaie.

Ce voyage auprès de Marie-Antoinette terminé, les enfants rentrent chez eux, impatients de tout raconter à leurs parents. En chemin, Gabbie soupire.

— J'aurais quand même bien aimé savoir qui était le fantôme, confie-t-elle.

— Moi aussi, acquiesce Axel.

Mais après les explications de Stéphane, ils doivent se rendre à l'évidence : à tort ou à raison, Marie-Antoinette était sans doute l'une des reines les plus haïes de toute l'histoire de France ! Et il paraît impossible de retrouver ce fantôme, plus de deux cents ans après !

Alors qu'ils passent près de la loge du concierge, celui-ci leur fait signe.

— Mon petit Axel, j'ai un colis pour toi.

Quand le garçon aperçoit le nom de l'expéditeur, il grimace : un cadeau de sa mère ! Comme si ça pouvait le consoler ! Gabbie ne lui demande pas de qui ça vient – elle a sans doute deviné rien qu'en voyant sa tête. À peine rentré, Axel abandonne le paquet dans un coin de sa chambre, sans même l'ouvrir.

Ce n'est que bien plus tard qu'il le déballe, avec l'aide de Chacha. Le chaton se roule en miaulant dans les débris de papier. À l'intérieur du carton, il y a aussi une carte, ornée d'un dessin représentant Sherlock Holmes.

« Un petit cadeau pour tes enquêtes !
Je suis très fière de toi, mon chéri.
Maman »

Il s'agit d'un superbe appareil photo professionnel, avec stabilisateur d'image, zoom et tout ce qu'il faut. Rien à voir avec son vieil appareil numérique ! Avec celui-là, Axel va pouvoir réaliser de beaux clichés, quel que soit l'éclairage. Ça faisait longtemps qu'il en rêvait. Mais ce qui le touche le plus, c'est le petit mot de sa mère. Malgré la distance qui les sépare, elle a compris à quel point les énigmes du carnet comptaient pour lui.

D'un bond, il se lève et va frapper à la porte de Gabbie.

— Entre ! lui crie-t-elle.

En pyjama, elle est en train de cirer la corde de son arc.

— On doit continuer l'enquête ! déclare le garçon d'un ton ferme. Tu es partante ou pas ?

— Euh, tu en as d'autres, des questions idiotes comme ça ? plaisante-t-elle.

CHAPITRE 6

Retour vers le passé

Comme pour chacune de ses compétitions, Gabbie est ultra-concentrée. Elle qui peut parfois être distraite en classe, par exemple, garde le regard rivé sur la cible. Des gradins, Nathan et Axel l'encouragent.

— T'es la meilleure ! lui crie ce dernier.

La mère de la jeune fille est là aussi ; elle filme la compétition pour le père de Gabrielle. Seul Pierre n'a pas pu se libérer. Même si, au début, leur emménagement tous ensemble a été un choc pour la jeune fille, elle en vient à se dire que ça peut être chouette d'avoir des « frères ». Même très bruyants.

— Ouais ! hurle Nathan à pleins poumons. En plein dans le mille !

De retour chez elle, Gabrielle range fièrement sa coupe auprès des autres. Puis elle rejoint Nathan et Axel dans le salon, pour ce qu'elle a elle-même appelé « une réunion de crise » – elle a entendu cette expression à la télé.

— Des nouvelles de M. Mainceau ? demande-t-elle.

— Non, répond Nathan.

— Parfait ! réplique-t-elle, en tendant la carte de visite donnée par le conservateur. Comme ça, on a un prétexte pour lui écrire ! Vas-y, je te dis quoi mettre !

— Hé, oh, mollo ! ronchonne Nathan. Je ne suis pas ton domestique, OK ?

Impassible, Gabbie se met à dicter :

— « Bonjour monsieur. Nous aimerions savoir si vous avez pu identifier l'écusson sur le machin en cire rouge… »

— Le sceau, précise Axel.

— Oui, c'est ça, le sceau, corrige-t-elle. « On voudrait aussi savoir si vous avez une liste des dames de compagnie de Marie-Antoinette, en 1788. Nous pensons que l'une d'elles pourrait être le fantôme. Merci beaucoup. »

Les dames de compagnie, c'est son idée. Elle s'est dit que, pour entendre une conversation intime entre le comte de Fersen et la souveraine, le fantôme devait être une proche. Après, c'est juste une piste ! Mais Axel l'a trouvée intéressante.

Le message tapé, Nathan l'envoie au numéro inscrit sur la carte.

— Vous croyez qu'il va répondre ? s'inquiète Gabbie.

Nathan hausse les épaules, mais Axel acquiesce.

— Je pense que oui. L'énigme avait l'air de beaucoup l'intriguer. Mais ça risque de prendre du temps, parce qu'à mon avis, il doit être super occupé…

Les enfants patientent. Patientent. Lorsque le portable se met à vibrer, Gabrielle s'efforce de ne pas bondir dessus. Nathan n'apprécierait certainement pas. Il consulte l'écran.

— « Bonjour. Oui, le sceau est bien celui d'Axel de Fersen, lit-il. J'allais justement vous écrire pour vous inviter aux Grandes Eaux nocturnes, qui se tiennent au château samedi soir. Vous l'avez bien mérité ! Si vous le souhaitez, nous pourrons discuter du fantôme à ce moment-là. Merci d'avance pour votre réponse. »

Gabrielle regarde Axel, dont le visage rayonne d'excitation. L'enquête reprend ! Pour ne pas brusquer Nathan, la jeune fille lui parle à la manière d'une marquise :

— Très cher, auriez-vous l'extrême obligeance de bien vouloir lui répondre que nous viendrons avec grand plaisir ? demande-t-elle d'un ton distingué. Mille mercis.

— Mouais, Ton Altesse, marmonne-t-il, avant de taper le message.

La réponse ne se fait pas attendre.

— « Formidable ! La soirée se poursuivra par un bal masqué à l'Orangerie. Pensez à venir en costumes d'époque », lit Nathan.

Il lève les yeux vers Gabbie et Axel.

— Alors là, ne comptez pas sur moi pour mettre un collant ! s'écrie-t-il. Plutôt mourir !

La jeune fille éclate de rire.

Elle rit beaucoup moins quand, le samedi après-midi, sa mère lui rapporte un costume de la boutique de location. Une robe à frous-frous !

— Mais je ne peux pas porter ça ! s'exclame la jeune fille.

Même si elle adore se déguiser, elle se voit mal dans ce genre de tenue. Elle, elle aime courir, bouger, sauter. Être à l'aise, quoi !

— J'ai tellement envie de te voir dedans, la supplie Sophie. Fais-moi plaisir, s'il te plaît.

Avec un énorme soupir, Gabbie passe aux essayages. Elle revient dans le salon, au même instant qu'Axel.

Son père lui a choisi un chapeau avec des plumes, un long gilet, un pantalon court, ainsi que le pire cauchemar de Nathan : un collant.

— Très classe ! le félicite la jeune fille, en se retenant de rire.

— Ouais, bof, répond Axel, en baissant le nez sur son collant. Tu ne trouves pas que j'ai des jambes de poulet, là-dedans ? Toi, en tout cas, tu as l'air d'une princesse !

— Une princesse ? Oh, pouah ! réplique la jeune fille avec un air dégoûté. Quelle horreur !

Au moins, sa mère a pris soin de louer une robe bleu pastel, et non rose. Ça aurait été le pompon ! Cependant, le pire reste à venir. Sophie a aussi emprunté un collier, constitué de faux diamants très clinquants. Elle le lui passe autour du cou.

— Tu es si jolie ! se réjouit sa mère. Attends, je vais te prendre en photo !

Nouveau soupir de Gabrielle…

Le soir venu, c'est Pierre qui conduit les enfants au château, au grand soulagement de Nathan. Il ne se voyait pas prendre le métro et le RER avec Axel et Gabbie habillés comme ça ! Lui a choisi une veste noire et rouge et un jean sombre, qui ressemblent vaguement à une livrée de domestique. De toute façon, la jeune fille ne se serait pas vue, elle non plus, braver les portiques et les escalators dans cette tenue ! Mais pourquoi a-t-elle accepté de porter cette robe ?

Une fois déposée devant les grilles éclairées, Gabrielle éprouve pourtant une drôle de sensation : l'impression de voyager dans le passé.

De l'autre côté, M. Mainceau les attend.

— Bienvenue aux Grandes Eaux nocturnes ! lance-t-il, avec un geste vers les jardins. Vous êtes très élégants !

Le regard de Gabrielle est aussitôt happé par ce merveilleux spectacle. Les statues et les fontaines, illuminées pour l'occasion, sont à couper le souffle ! Et que dire de la musique ? Cette fois, Gabbie se croit vraiment revenue au temps des rois... Axel se fond parfaitement dans le décor, lui aussi, malgré son appareil photo qui ne fait pas trop « d'époque ».

— Tout à l'heure, vous pourrez assister au feu d'artifice, poursuit le conservateur. Mais, en attendant, que diriez-vous de visiter le château de nuit ?

Gabrielle n'a même pas besoin de regarder Axel pour savoir qu'il sourit jusqu'aux oreilles. L'édifice est encore plus beau, le soir, avec ses dizaines de fenêtres qui jouent avec la lumière. M. Mainceau les guide à travers le château, et Gabbie marche comme dans un rêve. Bon, elle a encore un peu de mal à s'habituer à sa robe – surtout au long jupon –, mais en apercevant son reflet dans l'un des miroirs de la galerie des Glaces, elle est un peu impressionnée…

Elle repense au « fantôme », aussi.

— Monsieur, vous avez pu trouver une liste des dames de compagnie ? demande-t-elle.

— J'ai jeté un coup d'œil dans nos archives, mais je n'ai rien vu de concluant, indique-t-il. En général, c'étaient des personnes de confiance, tu sais.

Échange de regards déçus entre Gabbie et Axel, qui cesse de photographier à tout va.

Nathan s'éclaircit la voix.

— Je crois que cette femme voulait se venger, intervient-il. Parce que, pour imaginer un plan pareil, il fallait vraiment avoir la haine !

Gabrielle est surprise. Si Nathan les accompagne, il ne semblait pas toujours très impliqué jusqu'ici. Mais on dirait que cette histoire a fini par le captiver.

— T'as raison ! approuve-t-elle.

M. Mainceau les invite à longer la galerie, qui donne sur les jardins.

— Cet endroit a vu bien des choses au fil des siècles ! Des bals, des rencontres, des complots. Il a même été le théâtre de l'arrestation du cardinal de Rohan.

Gabbie se souvient de l'affaire du Collier. D'après ce qu'elle a compris de l'exposé de Stéphane, le cardinal a tout perdu dans l'histoire. Un bon motif pour en vouloir à la reine !

— Il y a un portrait de lui, dans le château ? demande-t-elle au conservateur.

— Plus maintenant.

Il sort son téléphone, puis montre l'écran aux enfants. Sur le tableau, le cardinal est un homme d'un certain âge aux cheveux blancs. Mais, même déguisé, il n'aurait pas pu se faire passer pour un fantôme maigre, à la chevelure noire…

CHAPITRE 7

L'énigme qui n'en finissait jamais

Axel a vraiment envie de profiter de chaque seconde de cette fabuleuse visite. La nuit, l'ambiance qui règne au château de Versailles est totalement différente : elle est plus… mystérieuse. Le garçon imagine qu'elle devait l'être encore davantage au temps de Louis XVI, lorsque les gens s'éclairaient à la bougie.

— Axel, tu me prends en photo, s'te plaît ? lui demande Gabrielle.

Elle se place près de l'une des torchères dorées – ancêtres des candélabres – qui jalonnent la galerie tandis qu'il règle son appareil.

— Souris et dis : « Gabbiiiie » ! plaisante-t-il.

Mais il n'est pas totalement satisfait de son cliché. La lumière des lustres se reflète dans le collier de la jeune fille. Au moins, la notice de l'appareil photo n'a pas menti : il capte vraiment la moindre source d'éclairage ! À l'évidence, Axel va devoir l'apprivoiser un peu, avant de réaliser les photos de ses rêves.

M. Mainceau agrémente la visite de commentaires passionnants. Pourtant, le garçon a un peu de mal à se concentrer : l'énigme du fantôme lui trotte toujours dans la tête. Leur enquête avait si bien avancé, ce serait dommage de l'arrêter là ! Soudain, il a une idée.

Il se tourne vers Nathan, qui s'amuse à prendre la même pose que Louis XVI sur l'un de ses portraits : menton levé, léger sourire et regard lointain.

— Tu pourrais me filer ton téléphone, deux minutes ? lui demande-t-il.

— Pourquoi ? réplique Nathan, d'un ton agacé. Tu as ton super appareil photo, non ?

L'appareil photo, sujet ô combien délicat ! Que leur mère ait envoyé un cadeau à Axel a fortement déplu à Nathan. Non pas qu'il soit jaloux, mais il a déclaré qu'elle cherchait juste à se faire pardonner. Que c'était nul.

— Je voudrais envoyer un message à maman, avoue Axel, la tête basse.

— T'es sérieux ? s'emporte Nathan. Tu veux lui parler, après ce qu'elle nous a fait ?

— Ce n'est pas sa faute..., murmure son frère, écarlate.

Au bout de quelques instants, Nathan finit par lui tendre le téléphone, dans un geste rageur.

Axel s'empresse de taper un message :

« Maman, on est en train de mener
une nouvelle enquête au château de Versailles.
Sais-tu s'il y avait, genre, des journalistes
au temps de Marie-Antoinette ?
PS : l'appareil photo est trop cool,
merciiii !!! »

Ça fait des jours qu'il voulait la remercier pour son cadeau, mais il ne savait pas trop comment. L'enquête lui a fourni le prétexte parfait ! En secret, il croise les doigts en espérant que sa mère réponde rapidement

– pas sûr que Nathan lui laisse son téléphone bien longtemps. Par chance, il reçoit un message à peine deux minutes plus tard.

« Super, pour l'enquête ! Je crois qu'on peut
dire que la personne qui écrivait le plus
sur Marie-Antoinette, c'était elle-même.
Tiens-moi au courant, surtout !
Je t'embrasse bien fort, mon chéri. »

Axel rend le téléphone à Nathan, qui l'observe, sourcils froncés. Contrairement à son jeune frère, il continue d'en vouloir beaucoup à leur mère. C'est quelque chose qu'Axel ne comprend pas. Les liens de famille ne sont-ils pas ce qu'il y a de plus important dans la vie ? Leur mère aime son métier, ce qui remplit Axel de fierté. Mais ce n'est pas parce qu'elle voyage beaucoup qu'elle oublie ses fils. Au contraire ! Elle pense sans cesse à eux.

En tant qu'aîné, Nathan ne devrait-il pas montrer l'exemple, au lieu de bouder comme un bébé ? Il y a des jours où Axel se demande qui est le plus âgé des deux !

Agacé, il s'approche de M. Mainceau.

— Monsieur, est-ce que vous auriez des écrits de Marie-Antoinette dans vos archives ?

— Des copies, oui, répond le conservateur, surpris. Une idée ?

— Peut-être…

Dans son bureau, M. Mainceau sort plusieurs classeurs d'une armoire. Puis, avec l'aide de Gabbie, Axel cherche les documents datant de l'année 1788. La souveraine racontait son quotidien, la vie de la cour, etc. Comme c'est écrit en vieux français, Axel a parfois un peu de mal à comprendre. Quant à Gabrielle, elle déchiffre péniblement de son côté,

mais au moins, elle essaie ! Pendant ce temps, Nathan se contente de regarder par la fenêtre, le visage de marbre.

— Regarde, il y a une date, là, lance-t-elle. Le 15 août 1788.

Axel s'empare de la feuille et la montre à M. Mainceau.

— « Ce matin, Joséphine est venue me voir, lit le conservateur. Elle voulait faire partie de mes dames de compagnie. Je l'ai renvoyée sur-le-champ. Axel m'a dit que je m'étais peut-être montrée un peu dure. Mais comment pourrais-je m'entourer de la famille de cet homme ? En faisant ce qu'il a fait, il a jeté le discrédit sur toute sa lignée. Tant pis pour lui ! »

— C'est peut-être elle, alors, le fantôme ? en déduit Gabbie. Ensuite, elle est restée cachée derrière la porte pour écouter leur conversation.

— Et elle aurait imaginé tout ça, juste parce que Marie-Antoinette a refusé de la prendre comme dame de compagnie ? doute Axel. Ça n'est pas un peu *too much* ?

— Ouais, évidemment, dit comme ça… répond la jeune fille, avec une moue.

Axel se sent frustré. Encore une fausse piste ! Auront-ils le fin mot de cette énigme, un jour ? Rien n'est moins sûr. Et il est maintenant l'heure de rejoindre l'Orangerie pour le début du bal.

Au détour d'un couloir réservé au personnel, M. Mainceau s'arrête devant un tableau représentant une famille.

— Lorsque je vous ai dit qu'il n'y avait pas de portrait du cardinal de Rohan dans le château, j'avais oublié celui-ci, explique-t-il. Sur cette toile, le cardinal est entouré de deux de ses cousines.

Axel observe le tableau. Une famille, c'est ce qu'il forme avec sa mère et Nathan, même si celui-ci refuse de l'admettre. Il repense aux liens du sang, qui sont plus forts que tout, et…

— Ça alors ! s'exclame-t-il.

Et toi, as-tu résolu le mystère
du fantôme de Versailles ?
Va vite vérifier ta théorie
dans les pages qui suivent !

CHAPITRE 8
Épilogue

— Je pense que c'est elle, déclare Axel, en désignant l'une des cousines du cardinal de Rohan. Elle aurait très bien pu vouloir venger son cousin ! Tout correspond ! Elle a cherché plusieurs moyens de se rapprocher de la reine, et un jour, elle a surpris une conversation ou une correspondance entre Axel de Fersen et Marie-Antoinette. Elle a vu une opportunité d'entacher la réputation de celle-ci ! Elle s'est donc déguisée en fantôme pour pouvoir fouiller le château la nuit et trouver une preuve.

Stupéfaite, Gabbie scrute la jeune femme peinte sur la toile. Maigre avec des cheveux noir corbeau. Elle correspond effectivement à la description du fantôme.

— Il faudra que je vérifie si elle s'appelait Joséphine, répond M. Mainceau.

Mais Gabrielle n'a pas envie d'attendre. Elle veut savoir, tout de suite et maintenant. Et son instinct lui souffle qu'un indice se trouve là, juste sous ses yeux. Elle examine le tableau à la loupe. La tenue de la jeune femme, ses bijoux…

Soudain, elle se tourne vers Axel.

— Tout à l'heure, tu ronchonnais parce que mon collier brillait sur la photo, rappelle-t-elle. Ça faisait comme une lueur. C'est bien ce que tu as dit ?

— Euh, oui, confirme-t-il, perplexe.

— Regarde la bague que cette femme porte à son doigt ! Tu as vu la taille du rubis ? La lueur rouge sang, je parie que c'était ça ! On l'a trouvé, notre fantôme !

Fous de joie, tous deux se mettent à danser, sous le regard admiratif de M. Mainceau et de Nathan...

Le lundi suivant, Gabbie pense toujours à leur enquête, et au grand bal pendant lequel Axel et elle se sont amusés comme des petits fous. Oh, ils dansaient n'importe comment, mais qu'est-ce qu'ils ont ri ! Axel l'appelait « madame la marquise de Plein dans le Mille », et elle, « monsieur l'archiduc des Bouquins. ». Après, il lui a confié que cette enquête lui avait donné envie de devenir historien. Apparemment, l'énigme du fantôme lui a prouvé que cette voie était faite pour lui ! De son côté, Gabrielle ignore encore quel métier elle souhaite exercer plus tard… Détective, peut-être ?

L'après-midi, alors qu'elle aide sa mère dans la fabrication de ses bijoux en matériaux recyclés, Axel les rejoint.

— M. Mainceau a envoyé un SMS à Nathan, annonce-t-il, avec un immense sourire aux lèvres. La cousine peinte sur le tableau se prénommait bien Joséphine !

Gabrielle n'a pas le temps de s'en réjouir. Au même instant, la porte d'entrée claque si fort qu'un cadre accroché à côté dégringole. Nathan vient de sortir, apparemment. Axel pousse un énorme soupir d'agacement. Sophie passe alors une main dans ses cheveux.

— Ne t'en fais pas, mon p'tit loup, ça finira par passer, le réconforte-t-elle.

— Oh, je ne m'inquiète pas ! réplique Axel. Il m'énerve, c'est tout !

Gabbie compatit. Elle a beau essayer de comprendre Nathan, elle le trouve très égoïste. A-t-il pensé à son frère, au moins ? Pour essayer de distraire Axel, elle lui propose d'aller voir Juliette. L'épicière doit être impatiente d'écouter leur récit !

À leur arrivée, ils trouvent Nathan, en train de ranger les rayons. Il donne un coup de main comme il le fait souvent, pour gagner un peu d'argent de poche. Axel l'ignore sciemment. Par solidarité, Gabrielle en fait autant.

— Bonjour, Juliette ! lance-t-elle gaiement. On a un tas de trucs géniaux à vous raconter !

Ravie, l'épicière les convie dans l'arrière-boutique, où elle leur offre un délicieux goûter.

Juliette paraît captivée par leurs aventures. Et admirative, aussi.

— Vous êtes tellement doués, les enfants ! les félicite-t-elle, en applaudissant.

Juste avant leur départ, elle demande à Gabbie de lui poster quelques lettres. La jeune fille se fait une joie de lui rendre ce petit service. Juliette a l'air un peu seule. L'autre jour, elle leur a avoué qu'elle n'avait presque plus de famille en vie.

Une fois dans la rue avec Axel, elle aperçoit une silhouette qui court vers eux. Grande, blonde. Gabrielle a vu des photos d'elle dans la chambre d'Axel. C'est Isabelle, la mère des garçons !

— Maman ! s'écrie-t-il. Mais tu ne devais pas rentrer avant des semaines !

— Vous me manquiez trop, se justifie-t-elle. J'avais besoin de vous voir.

Il se précipite vers sa mère, qui lui ouvre grand les bras. Après une longue étreinte mêlée d'éclats de rire et de larmes, Isabelle s'écarte pour regarder Gabrielle.

— Bonjour, Gabbie, la salue-t-elle avec chaleur. Je suis ravie de rencontrer la digne héritière de Sherlock Holmes en personne !

La « digne héritière » trouve Isabelle immédiatement sympathique.

— Nathan n'est pas avec vous ? demande celle-ci.

— À l'intérieur, répond Axel, en montrant l'épicerie. Je te préviens : il est super pénible, en ce moment. Je n'en peux plus !

— Alors une discussion sérieuse s'impose, je crois, soupire sa mère. Je vais lui parler, et on se retrouve après. D'accord, mon chéri ?

Gabbie et Axel patientent dans la rue. Comme elle tient toujours les enveloppes dans sa main, la jeune fille décide d'aller les poster, histoire de s'occuper et de laisser Nathan régler ses comptes. Il en a grand besoin ! En chemin vers la boîte aux lettres, Gabrielle remarque quelque chose.

— Regarde, tu ne trouves pas que l'écriture de Juliette ressemble un peu à celle du carnet ? demande-t-elle.

Axel examine les enveloppes.

— Ah ouais, dingue ! confirme-t-il.

Dingue. C'est le mot. Et peut-être pas tant que ça, finalement. Dans sa jeunesse, l'épicière, tout comme Stéphane et Gaspard, passait beaucoup de temps chez l'ancienne propriétaire de leur appartement.

Et si c'était Juliette, l'auteur des énigmes ?

Le château de Versailles

L'histoire du château commence à la fin de l'année 1623, lorsque le roi Louis XIII décide de construire un petit relais de chasse à Versailles, qui n'était alors qu'un village. L'endroit lui plaisant, il transforme son pavillon de chasse en petit château en 1631. Trente ans plus tard, son fils, Louis XIV, qui s'est pris de passion pour cet endroit, décide de le faire agrandir pour pouvoir s'y installer. De grands travaux commencent. La cour emménage avec le roi en 1682. Louis XV puis Louis XVI poursuivent les travaux et les améliorations. Louis XVI se marie avec Marie-Antoinette en 1770 dans la chapelle du château. Lors de la Révolution française, la famille royale doit quitter Versailles, et le mobilier est vendu aux enchères. Napoléon envisage de s'y installer mais abdique avant d'avoir terminé les travaux de rénovation. En 1830, Louis-Philippe, le nouveau roi des Français, décide de transformer l'endroit en musée et y organise de grandes réceptions. Depuis la fin du XIXe siècle, le château est régulièrement restauré et remeublé. Il accueille aujourd'hui des visiteurs du monde entier. On peut y parcourir des lieux chargés d'histoire et se prendre, le temps d'un instant, pour une marquise ou un duc dans la superbe galerie des Glaces.

L'AFFAIRE DU COLLIER DE LA REINE

C'est l'histoire d'une grande escroquerie qui eut pour victimes le cardinal de Rohan et la reine de France, Marie-Antoinette. En 1785, Mme de La Motte est ruinée. Elle entend parler d'un collier de diamants très cher qui pourrait faire sa fortune. Elle rencontre le cardinal de Rohan et lui fait croire que la reine Marie-Antoinette souhaite qu'il lui achète ce collier. Mme de La Motte engage une comédienne, qui se déguise pour ressembler à Marie-Antoinette et qui promet au cardinal de le rembourser s'il achète le collier pour elle. Le cardinal se laisse prendre au piège, achète le collier, et lorsqu'il demande son remboursement à la vraie Marie-Antoinette, le scandale éclate au grand jour !

Mme de La Motte fut arrêtée, ainsi que ses complices, et le cardinal de Rohan paya tout seul le collier. La reine, déjà détestée par le peuple, le fut davantage encore après à cette affaire, même si elle n'y était pour rien.

RETROUVE
GABRIELLE ET AXEL
DANS TOUTES LEURS AVENTURES !

LE CARNET DES MYSTÈRES
EST ENCORE PLEIN DE SECRETS...